AF398078

Was kann eine gute stehende Schaubühne eigentlich wirken?

Eine Vorlesung

Friedrich Schiller

copyright © 2023 Culturea éditions
Herausgeber: Culturea (34, Hérault)
Druck: BOD - In de Tarpen 42, Norderstedt (Deutschland)
Website: http://culturea.fr
Kontakt: infos@culturea.fr
ISBN:9791041933112
Veröffentlichungsdatum: FEBRUAR 2023
Layout und Design: https://reedsy.com/
Dieses Buch wurde mit der Schriftart Bauer Bodoni gesetzt.
Alle Rechte für alle Länder vorbehalten.
ER WIRT MIR GEBEN

I

Was kann eine gute stehende Schaubühne eigentlich wirken?

Eine Vorlesung,

gehalten zu Mannheim in der öffentlichen Sizung der kurpfälzischen deutschen Gesellschaft am 26sten des Junius 1784.

von *F. Schiller*, Mitglied dieser Gesellschaft, und herzogl. Weimarischen Rath.

ooo

Wenn uns der natürliche Stolz – so nenne ich die erlaubte Schäzung unsers eigenthümlichen Werths – in keinem Verhältniß des bürgerlichen Lebens verlassen soll, so ist wohl das erste *dieses*, daß wir uns selbst zuvor die Frage beantworten, ob das Geschäft, dem wir jezt den besten Theil unsrer Geisteskraft hingeben, mit der Würde unsers Geists sich vertrage, und die gerechten Ansprüche des Ganzen auf unsern Beitrag erfülle. Nicht immer blos die höchste Spannung der Kräfte – nur ihre edelste Anwendung kann Größe gewähren. Je erhabner das Ziel ist, nach welchem wir streben, je weiter je mehr umfassend der Krais, worinn wir uns üben, desto höher steigt unser Muth, desto reiner wird unser Selbstvertrauen, [2] desto unabhängiger von der Meinung der Welt. Dann nur, wenn wir bei uns selbst erst entschieden haben, was wir sind, und was wir nicht sind, nur dann sind wir der Gefahr entgangen, von fremdem Urtheil zu leiden – durch Bewunderung aufgeblasen, oder durch Geringschazung faig zu werden.

Woher kommt es denn aber – diese Bemerkung hat sich mir aufgedrungen, seitdem ich Menschen beobachte – woher kommt es, daß der Amtsstolz so gern im entgegengesezten Verhältniß mit dem wahren Verdienste steht? Daß die Meisten ihre Anforderungen an die Achtung der Gesellschaft in eben dem Grade verdoppeln, in welchem sich ihr Einfluß auf dieselbe vermindert? – Wie bescheiden erscheint nicht oft der Minister, der das Steuerruder des Landes führt, und das große System der Regierung mit Riesenkraft wälzt, neben dem kleinen Histrionen, der seine Verordnungen zu Papier bringt – wie bescheiden der große Gelehrte, der die Gränzen des menschlichen Denkens erweiterte, und die Fackel der Aufklärung über Welttheilen schimmern ließ, neben dem dumpfen Pedanten, der seine Quartbände hütet? – Man verurtheilt den jungen Mann, der gedrungen von innrer Kraft, aus dem engen Kerker einer Brodwissenschaft [3] heraustritt, und dem Rufe des Gottes folgt, der in ihm ist? – Ist das die Rache der kleinen Geister an dem Genie, dem sie nachzuklimmen verzagen? Rechnen sie vielleicht ihre Arbeit darum so hoch an, weil sie ihnen so sauer wurde? – Trockenheit, Ameisenfleiß und gelehrte Taglöhnerei werden unter den ehrwürdigen Namen Gründlichkeit, Ernst und Tiefsinn geschäzt, bezahlt und bewundert. Nichts ist bekannter, und nichts gereicht zugleich der gesunden Vernunft mehr zur Schande, als der unversöhnliche Haß, die stolze Verachtung, womit Fakultäten auf freie Künste heruntersehen – und diese Verhältnisse werden forterben, bis sich Gelehrsamkeit und Geschmack, Wahrheit und Schönheit, als zwo versöhnte Geschwister umarmen.

Es ist leicht einzusehen, in wie fern diese Bemerkung mit der Frage zusammenhängt: „*Was wirkt die Bühne?*" – Die höchste und lezte Foderung, welche der Philosoph und Gesezgeber einer öffentlichen Anstalt nur machen können, ist Beförderung allgemeiner Glückseligkeit. Was die Dauer des physischen Lebens erhält, wird immer sein erstes Augenmerk seyn; was die Menschheit innerhalb ihres Wesens veredelt, sein

höchstes *Bedürfniß* des *Thiermenschen* ist älter [4] und drängender – *Bedürfniß* des *Geistes* vorzüglicher, unerschöpflicher. Wer also unwidersprechlich beweisen kann, daß die Schaubühne Menschen- und Volksbildung wirkte, hat ihren Rang neben den ersten Anstalten des Staats entschieden.

Die dramatische Kunst sezt mehr voraus, als jede andre von ihren Schwestern. Das höchste Produkt dieser Gattung ist *vielleicht* auch das höchste des menschlichen Geistes. Das System der körperlichen Anziehung und Shakespears Julius Cesar – es steht dahin, ob die Zunge der Waage, worinn höhere Geister die menschlichen wägen, um einen mathematischen Punkt überschlagen wird. Wenn diß entschieden ist – und entschied nicht der unbestechlichste Richter, die Nachwelt? – warum sollte man nicht vor allen Dingen dahin beflissen seyn, die Würde einer Kunst außer Zweifel zu sezen, deren Ausübung alle Kräfte der Seele, des Geistes und des Herzens beschäftigt? – Es ist Verbrechen gegen sich selbst, Mord der Talente, wenn das nämliche Maas von Fähigkeit, welches dem höchsten Interesse der Menschheit würde gewuchert haben, an einem minder wichtigen Gegenstand undankbar verschwendet wird. Ist es wirklich noch zweifelhaft, ob du [5]vom Himmel herabstammst, sind alle deine geprahlten Einflüsse wirklich nur schöne Schimären deiner Bewunderer, ist die Menschheit nicht deine Schuldnerin – o so zerreiße deinen unsterblichen Lorbeer, Thalia, laß deine Posaune von ihr schweigen, ewige Fama! – Jene bewunderte Iphigenia war nichts als ein schwacher Augenblick ihres Schöpfers, der seiner Würde vergaß – der gepriesene Hamlet nichts als eine Majestätsverlezung des Dichters gegen den himmlischen Genius.

Ueber keine Kunst ist – so viel ich weiß – mehr gesagt und geschrieben worden, als über diese; über keine weniger entschieden. Die Welt hat sich hier, mehr als irgendwo, in Vergötterung und Verdammung getheilt, und die Wahrheit gieng verloren durch Uebertreibung. Der härteste Angriff, den sie erleiden mußte, geschah von einer Seite, wo er nicht zu erwarten war. – Der Leichtsinn, die Frechheit, auch selbst die Abscheulichkeit derer die sie ausüben, kann der Kunst selbst nicht zur Last fallen. Die meisten eurer dramatischen Schilderungen, und selbst die am meisten gepriesenen, was sind sie anders, spricht man, als seine versteckte Giftmischerei, künstlich aufgepuzte Laster, weichliche oder großsprechende Tugenden? – Eure Repräsentanten der Menschheit, eure Künstler und Künstlerinnen, wie oft Brandmark des Namens den sie tragen, Parodien ihres geweihten Amtes, wie oft Auswurf der Menschheit? Eure gerühmte Schule der Sitten, wie oft nur die lezte Zuflucht des gesättigten Luxus? ein Hinterhalt des Muthwillens und der Satyre? Wie oft diese hohe göttliche Thalia eine Spaßmacherin des Pöbels, oder Staubleckerin an sehr kleinen Thronen? – Alle diese Ausrufungen sind unwiderleglich wahr, doch trift keine einzge die Bühne. Christus Religion war das Feldgeschrei, als man Amerika entvölkerte – Christus Religion zu verherrlichen mordeten Damiens und Ravaillac, und schoß Karl der Neunte auf die fliehenden Hugenotten zu Paris. – Wem aber wird es einfallen, die sanftmüthigste der Religionen einer Schandthat zu bezüchtigen, von der auch die rohe Thierheit sich feierlich lossagen würde?

Eben so wenig darf die Kunst es entgelten, daß sie in Europa nicht ist, was sie in Asien war, im achtzehnten Jahrhundert nicht ist, was unter Aspasia und Perikles. Genug für sie, daß sie es *damals* gewesen, und daß die Nation, bei welcher sie blühte, noch jezt unser Muster ist – Aber ich schreite zur Untersuchung selbst.

ooo

Ein allgemeiner unwiderstehlicher Hang nach dem neuen und außerordentlichen, ein Verlangen, sich in einem leidenschaftlichen Zustande zu fühlen, hat, nach Sulzers Ausdruck, die Bühne hervorgebracht. Erschöpft von den höhern Anstrengungen des Geistes, ermattet von den einförmigen, oft niederdrückenden Geschäften des Berufs, und von Sinnlichkeit gesättigt, mußte der Mensch eine Leerheit in seinem Wesen fühlen, die dem ewigen Trieb nach Thätigkeit zuwider war. Unsre Natur, gleich unfähig, länger im Zustand des Thiers fortzudauren, als die feinern Arbeiten des Verstands fortzusezen, verlangte einen mittleren Zustand, der beide widersprechenden Enden vereinigte, die harte Spannung zu sanfter Harmonie herabstimmte, und den wechselsweisen Uebergang eines Zustands in den andern erleichterte. Diesen Nuzen leistet überhaupt nun der ästhetische Sinn, oder das Gefühl für das Schöne. Da aber eines weisen Gesezgebers erstes Augenmerk seyn muß, unter zwo Wirkungen die höchste heraus zu lesen, so wird er sich nicht begnügen, die Neigungen seines Volks nur entwaffnet zu haben; er wird sie auch, wenn es irgend nur möglich ist, als Werkzeuge höherer Plane gebrauchen, und in Quellen von Glückseligkeit zu verwandeln bemüht seyn, und darum wählte er vor allen andern die Bühne, die dem nach Thätigkeit dürstenden Geist einen unendlichen Krais eröfnet, jeder Seelenkraft Nahrung gibt, ohne eine einzige zu überspannen, und die Bildung des Verstands und des Herzens mit der edelsten Unterhaltung vereinigt.

Derjenige, welcher zuerst die Bemerkung machte, daß eines Staats festeste Säule *Religion* sei – daß ohne sie die Geseze selbst ihre Kraft verlieren, hat vielleicht, ohne es zu wollen oder zu wissen, die Schaubühne von ihrer edelsten Seite vertheidigt. Eben diese Unzulänglichkeit, diese schwankende Eigenschaft der politischen Geseze, welche dem Staat die Religion unentbehrlich macht, bestimmt auch den ganzen Einfluß der Bühne. Geseze, wollte er sagen, drehen sich nur um verneinende Pflichten – Religion dehnt ihre Foderungen auf wirkliches Handeln aus. Geseze hemmen nur Wirkungen die den Zusammenhang der Gesellschaft auflösen – Religion befiehlt solche, die ihn inniger machen. Jene herrschen nur über die offenbaren Aeusserungen des Willens, nur Thaten sind ihnen unterthan – diese sezt ihre Gerichtsbarkeit bis in die verborgensten Winkel des Herzens fort, und verfolgt den Gedanken bis an die innerste Quelle. Geseze sind glatt und geschmeidig, wandelbar wie Laune und Leidenschaft – Religion bindet streng und ewig. Wenn wir nun aber auch voraussezen wollten, was nimmermehr ist – wenn wir der Religion diese große Gewalt über jedes Menschenherz einräumen, wird sie oder kann sie die ganze Bildung vollenden? – Religion (ich trenne hier ihre politische Seite von ihrer göttlichen) Religion wirkt im Ganzen mehr auf den sinnlichen Theil des Volks – sie wirkt vielleicht durch das Sinnliche allein so unfehlbar. Ihre Kraft ist dahin, wenn wir ihr dieses nehmen – und wodurch wirkt die Bühne? Religion ist dem größern Theile der

Menschen nichts mehr, wenn wir ihre Bilder, ihre Probleme vertilgen, wenn wir ihre Gemählde von Himmel und Hölle zernichten – und doch sind es nur Gemählde der Phantasie, Räzel ohne Auflösung, Schreckbilder und Lockungen aus der Ferne. Welche Verstärkung für Religion und Geseze, wenn sie mit der Schaubühne in Bund treten, wo Anschauung und lebendige Gegenwart ist, wo Laster und Tugend, Glückseligkeit und Elend, Thorheit und Weißheit in tausend Gemählden faßlich und wahr an dem Menschen vorübergehen, wo die Vorsehung ihre Räzel anstößt, ihren Knoten vor seinen Augen entwickelt, wo das menschliche Herz auf den Foltern der Leidenschaft[1] seine leisesten Regungen beichtet, alle Larven fallen, alle Schminke verfliegt, und die Wahrheit unbestechlich wie Rhadamanthus Gericht hält.

Die Gerichtsbarkeit der Bühne fängt an, wo das Gebiet der weltlichen Geseze sich endigt. Wenn die Gerechtigkeit für Gold verblindet, und im Solde der Laster schwelgt, wenn die Frevel der Mächtigen ihrer Ohnmacht spotten, und Menschenfurcht den Arm der Obrigkeit bindet, übernimmt die Schaubühne Schwerd und Waage, und reißt die Laster vor einen schrecklichen Richterstuhl. Das ganze Reich der Phantasie und Geschichte, Vergangenheit und Zukunft stehen ihrem Wink zu Gebot. Kühne Verbrecher, die längst schon im Staub vermodern, werden durch den allmächtigen Ruf der Dichtkunst jezt vorgeladen, und wiederholen zum schauervollen Unterricht der Nachwelt ein schändliches Leben. Ohnmächtig, gleich den Schatten in einem Hohlspiegel wandeln die Schrecken ihres Jahrhunderts vor unsern Augen vorbei, und mit wollüstigem Entsezen verfluchen wir ihr Gedächtniß. Wenn keine Moral mehr gelehrt wird, keine Religion mehr Glauben findet, wenn kein Gesez mehr vorhanden ist, wird uns *Medea* noch anschauern, wenn sie die

Treppen des Pallastes herunter wankt, und der Kindermord jezt geschehen ist. Heilsame Schauer werden die Menschheit ergreifen, und in der Stille wird jeder sein gutes Gewissen preißen, wenn*Lady Makbeth*, eine schreckliche Nachtwandlerin, ihre Hände wäscht, und alle Wohlgerüche Arabiens herbeiruft, den häßlichen Mordgeruch zu vertilgen. Wer von uns sah ohne Beben zu, wen durchdrang nicht lebendige Glut zur Tugend, brennender Haß des Lasters, als, aufgeschröckt aus Träumen der Ewigkeit, von den Schrecknissen des *nahen* Gerichts umgeben, *Franz von Moor* aus dem Schlummer sprang, als er, die Donner des erwachten Gewissens zu übertäuben, Gott aus der Schöpfung läugnete, und seine gepreßte Brust, zum lezten Gebete vertrocknet, in frechen Flüchen sich Luft machte? – – Es ist nicht Uebertreibung, wenn man behauptet, daß diese auf der Schaubühne aufgestellten Gemählde mit der Moral des gemeinen Manns endlich in eins zusammen fließen, und in einzelnen Fällen seine Empfindung bestimmen. Ich selbst bin mehr als einmal ein Zeuge gewesen, als man seinen ganzen Abscheu vor schlechten Thaten in dem Scheltwort zusammenhäufte: Der Mensch [12] ist ein Franz Moor. Diese Eindrücke sind unauslöschlich, und bei der leisesten Berührung steht das ganze abschröckende Kunstgemählde im Herzen des Menschen wie aus dem Grabe auf. So gewiß sichtbare Darstellung mächtiger wirkt, als toder Buchstabe und kalte Erzählung, so gewiß wirkt die Schaubühne tiefer und daurender als Moral und Geseze.

Aber hier *unterstüzt* sie die weltliche Gerechtigkeit nur – ihr ist noch ein weiteres Feld geöfnet. Tausend Laster, die jene ungestraft duldet, straft sie; tausend Tugenden, wovon jene schweigt, werden von der Bühne empfohlen. Hier begleitet sie die Weisheit und die Religion. Aus dieser reinen Quelle schöpft sie ihre Lehren und Muster, und kleidet die strenge Pflicht in ein reizendes lockendes Gewand. Mit welch herrlichen Empfindungen, Entschlüssen, Leidenschaften schwellt sie unsere Seele, welche göttliche Ideale stellt sie uns zur Nacheiferung aus! – Wenn der gütige August dem Verräther Cinna, der schon den tödlichen Spruch auf seinen Lippen zu lesen meint, groß wie seine Götter, die Hand reicht: „Laß uns Freunde seyn Cinna!“ – Wer unter der Menge wird in *dem* Augenblick nicht gern seinem Todfeind die Hand drücken wollen, dem göttlichen Römer zu gleichen? – Wenn *Franz* von Sickingen, auf dem Wege einen Fürsten zu züchtigen und für fremde Rechte zu kämpfen, unversehens hinter sich schaut, und den Rauch aufsteigen sieht von seiner Veste, wo Weib und Kind hilflos zurückblieben, und *er* – weiter zieht, Wort zu halten – wie groß wird mir da der Mensch, wie klein und verächtlich das gefürchtete unüberwindliche Schicksal!

Eben so häßlich, als liebenswürdig die Tugend, mahlen sich die Laster in ihrem furchtbaren Spiegel ab. Wenn der hilflose kindische *Lear* in Nacht und Ungewitter vergebens an das Haus seiner Töchter pocht, wenn er sein weißes Haar in die Lüfte streut, und den tobenden Elementen erzählt, wie unnatürlich seine Regan gewesen, wenn sein wütender Schmerz zulezt in den schrecklichen Worten von ihm strömt: „Ich gab euch Alles!“ – Wie abscheulich zeigt sich uns da der Undank? Wie feierlich geloben wir Ehrfurcht und kindliche Liebe! – Unsre Schaubühne hat noch eine große Eroberung ausstehen, von deren Wichtigkeit erst der Erfolg sprechen wird. Shakespears Timon von Athen ist, so weit ich mich besinnen kann, noch auf keiner deutschen Bühne erschienen, und, so gewiß ich den Menschen vor allem andern zuerst im Shakespeare aufsuche, so gewiß weiß ich im ganzen Shakespear kein Stück, wo er wahrhaftiger vor mir stünde, wo er lauter und beredter zu meinem

Herzen spräche, wo ich mehr Lebensweißheit lernte, als im Timon von Athen. Es ist wahres Verdienst um die Kunst, dieser Goldader nachzugraben.

Aber der Wirkungskrais der Bühne dehnt sich noch weiter aus. Auch da, wo Religion und Geseze es unter ihrer Würde achten, Menschenempfindungen zu begleiten, ist *sie* für unsere Bildung noch geschäftig. Das Glück der Gesellschaft wird eben so sehr durch Thorheit als durch Verbrechen und Laster gestört. Eine Erfahrung lehrt es, die so alt ist als die Welt, daß im Gewebe menschlicher Dinge oft die grösten Gewichte an den kleinsten und zärtesten Fäden hangen, und, wenn wir Handlungen zu ihrer Quelle zurückbegleiten, wir zehenmal lächeln müßen, ehe wir uns einmal entsezen. Mein Verzeichniß von Bösewichtern wird mit jedem Tage, den ich älter werde, kürzer, und mein Register von Thoren vollzähliger und länger. Wenn die ganze moralische Verschuldung des einen Geschlechtes aus einer und eben der Quelle hervorspringt, wenn alle die ungeheuren Extreme von Laster, die es jemals gebrandmarkt haben, nur veränderte Formen, nur höhere Grade einer Eigenschaft sind, die wir zulezt alle einstimmig belächeln und lieben, warum sollte die Natur bei dem andern Geschlechte nicht die nämliche Wege gegangen seyn? Ich kenne nur *ein* Geheimniß, den Menschen vor Verschlimmerung zu bewahren, und dieses ist – sein Herz gegen Schwächen zu schüzen.

Einen großen Theil dieser Wirkung können wir von der Schaubühne erwarten. Sie ist es, die der großen Klasse von Thoren den Spiegel vorhält, und die tausendfachen Formen derselben mit heilsamen Spott beschämt. Was sie oben durch Rührung und Schrecken wirkte, leistet sie hier, (schneller vielleicht, und unfehlbarer) durch Scherz und Satire. Wenn wir es unternehmen wollten, Lustspiel und Trauerspiel nach dem Maas der erreichten Wirkung zu schäzen, so würde vielleicht die Erfahrung dem ersten den Vorrang geben. Spott und Verachtung verwunden den Stolz des Menschen empfindlicher, als Verabscheuung sein Gewissen foltert. Vor dem Schrecklichen verkriecht sich unsre Faigheit, aber eben diese Faigheit überliefert uns dem Stachel der Satire. Gesez und Gewissen schüzen uns *oft* für Verbrechen und Lastern – Lächerlichkeiten verlangen einen eigenen feinern Sinn, den wir nirgends mehr als vor dem Schauplaze üben. Vielleicht, daß wir einen Freund bevollmächtigen unsre Sitten und unser Herz anzugreifen, aber es kostet uns Mühe, ihm ein einziges Lachen zu vergeben. Unsre Vergehungen ertragen einen Aufseher und Richter, unsre Unarten kaum einen Zeugen – Die Schaubühne allein kann unsre Schwächen belachen, weil sie unsrer Empfindlichkeit schont, und den schuldigen Thoren nicht wissen will – Ohne roth zu werden sehen wir unsre Larve aus ihrem Spiegel fallen, und danken ingeheim für die sanfte Ermahnung.

Aber ihr großer Wirkungskrais ist noch lange nicht geendigt. Die Schaubühne ist mehr als jede andere öffentliche Anstalt des Staats eine Schule der praktischen Weißheit, ein Wegweiser durch das bürgerliche Leben, ein unfehlbarer Schlüssel zu den geheimsten Zugängen der menschlichen Seele. Ich gebe zu, daß Eigenliebe und Abhärtung des Gewissens nicht selten ihre beste Wirkung vernichten, daß sich noch tausend Laster mit frecher Stirne vor ihrem Spiegel behaupten, tausend gute Gefühle vom kalten Herzen des Zuschauers fruchtlos zurückfallen – ich selbst bin der Meinung, daß vielleicht Molieres Harpagon noch keinen Wucherer besserte, daß der Selbstmörder Beverleinoch wenige seiner Brüder von der abscheulichen Spielsucht zurückzog, daß Karl Moors unglückliche

Räubergeschichte die Landstrassen nicht viel sicherer machen wird – aber wenn wir auch diese große Wirkung der Schaubühne einschränken, wenn wir so ungerecht seyn wollen, sie gar aufzuheben – wie unendlich viel bleibt noch von ihrem Einfluß zurück? Wenn sie die Summe der Laster weder tilgt noch vermindert, hat sie uns nicht mit denselben bekannt gemacht? – Mit diesen Lasterhaften, diesen Thoren müssen wir leben. Wir müßen ihnen ausweichen oder begegnen; wie müßen sie untergraben, oder ihnen unterliegen. Jezt aber überraschen sie uns nicht mehr. Wir sind auf ihre Anschläge vorbereitet. Die Schaubühne hat uns das Geheimniß verrathen, sie ausfündig und unschädlich zu machen. *Sie* zog dem Heuchler die künstliche Maske ab, und entdeckte das Nez, womit uns List und Kabale umstrickten. Betrug und Falschheit riß sie aus krummen Labirinthen hervor, und zeigte ihr schreckliches Angesicht dem Tag. Vielleicht, daß die sterbende Sara nicht *einen* Wollüstling schröckt, daß alle Gemählde gestrafter Verführung seine Glut nicht erkälten, und daß selbst die verschlagene Spielerin diese Wirkung ernstlich zu verhüten bedacht ist – glücklich genug, daß die arglose Unschuld jezt seine Schlingen kennt, daß die Bühne sie lehrte, seinen Schwüren mistrauen, und vor seiner Anbetung zittern.

Nicht blos auf Menschen und Menschenkarakter, auch auf Schicksale macht uns die Schaubühne aufmerksam, und lehrt uns die große Kunst, sie zu ertragen. Im Gewebe unsers Lebens spielen *Zufall* und *Plan* eine gleich große Rolle; den leztern lenken *wir*, dem erstern müssen wir uns blind unterwerfen. Gewinn genug, wenn unausbleibliche Verhängnisse uns nicht ganz ohne Fassung finden, wenn unser Muth, unsre Klugheit sich einst schon in ähnlichen übten, und unser Herz zu dem Schlag sich gehärtet hat.

Die Schaubühne führt uns eine mannichfaltige Szene menschlicher Leiden vor. Sie zieht uns künstlich in fremde Bedrängnisse, und belohnt uns das augenblickliche Leiden mit wollüstigen Thränen, und einem herrlichen Zuwachs an Muth und Erfahrung. Mit ihr folgen wir der verlassenen *Ariadne* durch das wiederhallende Naxos, stiegen mit ihr in den Hungerthurm Ugolinos hinunter, betreten mit ihr das entsezliche Blutgerüste, und behorchen mit ihr die feierliche Stunde des Todes. Hier hören wir, was unsre Seele in leisen Ahndungen fühlte, die überraschte Natur laut und unwidersprechlich bekräftigen. Im Gewölbe des *Towrs* verläßt den betrogenen Liebling die Gunst seiner Königin – Jezt da er sterben soll, entfliegt dem geängstigten *Moor* seine treulose sophistische Weißheit. Die Ewigkeit entläßt einen Todten, Geheimnisse zu offenbaren, die kein Lebendiger wissen kann, und der sichere Bösewicht verliert seinen lezten gräßlichen Hinterhalt, weil auch Gräber noch ausplaudern.

Aber nicht genug, daß uns die Bühne mit Schicksalen der Menschheit bekannt macht, sie lehrt uns auch gerechter gegen den Unglücklichen seyn, und nachsichtsvoller über ihn richten. Dann nur, wenn wir die Tiefe seiner Bedrängnisse ausmessen, dörfen wir das Urtheil über ihn aussprechen. Kein Verbrechen ist schändender, als das Verbrechen des Diebs – aber mischen wir nicht alle eine Thräne des Mitleids in unsern Verdammungsspruch, wenn wir uns in den schrecklichen Drang verlieren, worinn *Eduard Ruhberg* die That vollbringt? – Selbstmord wird allgemein als Frevel verabscheut; wenn aber, bestürmt von den Drohungen eines wütenden Vaters, bestürmt von Liebe, von der Vorstellung schrecklicher Klostermauren, *Mariane* das Gift trinkt, wer von uns will der erste seyn, der über dem beweinenswürdigen Schlachtopfer einer verruchten Maxime den Stab bricht? – Menschlichkeit und Duldung fangen an der herrschende Geist unsrer Zeit zu werden; ihre Stralen sind bis in die Gerichtssäle, und noch weiter – in das Herz unsrer Fürsten gedrungen. Wie viel Antheil an diesem göttlichen Werk gehört unsern Bühnen? Sind *sie* es nicht, die den Menschen mit dem Menschen bekannt machten, und das geheime Räderwerk aufdeckten, nach welchem er handelt?

Eine merkwürdige Klasse von Menschen hat Ursache, dankbarer als alle übrigen gegen die Bühne zu seyn. Hier nur hören die Großen der Welt, was sie nie oder selten hören – Wahrheit; was sie nie oder selten sehen, sehen sie hier – den Menschen.

So groß und vielfach ist das Verdienst der bessern Bühne um die sittliche Bildung; kein geringeres gebührt ihr um die ganze Aufklärung des Verstandes. Eben hier in dieser höhern Sphäre weiß der große Kopf, der feurige Patriot sie erst ganz zu gebrauchen.

Er wirft einen Blick durch das Menschengeschlecht, vergleicht Völker mit Völkern, Jahrhunderte mit Jahrhunderten, und findet, wie sklavisch die größere Masse des Volks an Ketten des Vorurtheils und der Meinung gefangen liegt, die seiner Glückseligkeit ewig entgegen arbeiten – daß die reinern Stralen der Wahrheit nur wenige *einzelne* Köpfe beleuchten, welche den kleinen Gewinn vielleicht mit dem Aufwand eines ganzen Lebens erkauften. Wodurch kann der weise Gesezgeber die Nation derselben theilhaftig machen?

Die Schaubühne ist der gemeinschaftliche Kanal, in welchen von dem denkenden bessern Theile des Volks das Licht der Weißheit herunterströmt, und von da aus in milderen Stralen durch den ganzen Staat sich verbreitet. Richtigere Begriffe, geläuterte

Grundsäze, reinere Gefühle fließen von hier durch alle Adern des Volks; der Nebel der Barbarei, des finstern Aberglaubens verschwindet, die Nacht weicht dem siegenden Licht. Unter so vielen herrlichen Früchten der bessern Bühne will ich nur zwo auszeichnen. Wie allgemein ist nur seit wenigen Jahren die Duldung der Religionen und Sekten geworden? – Noch ehe uns Nathan der Jude, und Saladin der Sarazene beschämten, und die göttliche Lehre uns predigten, daß Ergebenheit in Gott von unserm Wähnen über Gott so gar nicht abhängig sei – ehe noch Joseph der Zweite die fürchterliche Hyder des frommen Haßes bekämpfte, pflanzte die Schaubühne Menschlichkeit und Sanftmuth in unser Herz, die abscheulichen Gemählde heidnischer Pfaffenwuth lehrten uns Religionshaß vermeiden – in diesem schrecklichen Spiegel wusch das Christenthum seine Flecken ab. Mit eben so glücklichem Erfolge würden sich von der Schaubühne Irrthümer
der *Erziehung* bekämpfen lassen; das Stück ist noch zu hoffen, wo dieses merkwürdige Thema behandelt wird. Keine Angelegenheit ist dem Staat durch ihre Folgen so wichtig als diese, und doch ist keine so Preiß gegeben, keine dem Wahne, dem Leichtsinn des Bürgers so uneingeschränkt anvertraut, wie es diese ist. Nur die Schaubühne könnte die unglücklichen Schlachtopfer vernachläßigter Erziehung in rührenden erschütternden Gemählden an ihm vorüber führen; hier könnten unsre Väter eigensinnigen Maximen entsagen, unsre Mütter vernünftiger lieben lernen. Falsche Begriffe führen das beste Herz des Erziehers irre; desto schlimmer, wenn sie sich noch
mit *Methode* brüsten, und den zarten Schößling in Philanthropinen und Gewächshäusern systematisch zu Grund richten. Der gegenwärtig herrschende Kizel, mit Gottes Geschöpfen Christmarkt zu spielen, diese berühmte Raserei, Menschen zu drechselnund es

Deukalion gleich zu thun, (mit dem Unterschied freilich, daß man aus Menschen nunmehr Steine macht, wie jener aus Steinen Menschen) verdiente es mehr als jede andere Ausschweifung der Vernunft den Geißel der Satire zu fühlen.

Nicht weniger ließen sich – verstünden es die Oberhäupter und Vormünder des Staats – von der Schaubühne aus, die Meinungen der Nation über Regierung und Regenten zurechtweisen. Die gesezgebende Macht spräche hier durch fremde Symbolen zu dem Unterthan, verantwortete sich gegen seine Klagen, noch ehe sie laut werden, und bestäche seine Zweifelsucht, ohne es zu scheinen. So gar Industrie und Erfindungsgeist könnten und würden vor dem Schauplaze Feuer fangen, wenn die Dichter es der Mühe werth hielten Patrioten zu seyn, und der Staat sich herablassen wollte, sie zu hören.

Unmöglich kann ich hier den großen Einfluß übergehen, den eine gute stehende Bühne auf den Geist der Nation haben würde. Nationalgeist eines Volks nenne ich die Aehnlichkeit und Uebereinstimmung seiner Meinungen und Neigungen bei Gegenständen, worüber eine andere Nation anders meint und empfindet. Nur der Schaubühne ist es möglich, diese Uebereinstimmung in einem hohen Grad zu bewirken, weil sie das ganze Gebieth des menschlichen Wissens durchwandert, alle Situationen des Lebens erschöpft, und in alle Winkel des Herzens hinunter leuchtet; weil sie alle Stände und Klassen in sich vereinigt, und den gebahntesten Weg zum Verstand und zum Herzen hat. Wenn in allen unsern Stücken *ein* Hauptzug herrschte, wenn unsre Dichter unter sich einig werden, und einen festen Bund zu diesem Endzweck errichten wollten – wenn strenge Auswahl ihre Arbeiten leitete, ihr Pinsel nur Volksgegenständen sich weihte – mit einem Wort, wenn wir es erlebten eine Nationalbühne zu haben, so würden wir auch eine Nation. Was kettete Griechenland so fest aneinander? Was zog das Volk so unwiderstehlich nach seiner Bühne? – Nichts anders als der vaterländische Inhalt der Stücke, der griechische Geist, das große überwältigende Interesse des Staats, der besseren Menschheit, das in denselbigen athmete.

Noch ein Verdienst hat die Bühne – ein Verdienst, das ich jezt um so lieber in Anschlag bringe, weil ich vermuthe, daß ihr Rechtshandel mit ihren Verfolgern ohnehin schon gewonnen seyn wird. Was bis hieher zu beweisen unternommen worden, daß sie auf Sitten und Aufklärung wesentlich wirke, war zweifelhaft – daß sie unter allen Erfindungen des Luxus, und allen Anstalten zur gesellschaftlichen Ergözlichkeit den Vorzug verdiene, haben selbst ihre Feinde gestanden. Aber was sie hier leistet ist wichtiger, als man gewohnt ist zu glauben.

Die menschliche Natur erträgt es nicht, ununterbrochen und ewig auf der Folter der Geschäfte zu liegen, die Reize der Sinne sterben mit ihrer Befriedigung. Der Mensch, überladen vom thierischem Genuß, der langen Anstrengung müde, vom ewigen Triebe nach Thätigkeit gequält, dürstet nach bessern auserlesnern Vergnügungen, oder stürzt zügelloß in wilde Zerstreuungen, die seinen Hinfall beschleunigen, und die Ruhe der Gesellschaft zerstören. Bacchantische Freuden, verderbliches Spiel, tausend Rasereien, die der Müßiggang aushekt sind unvermeidlich, wenn der Gesezgeber diesen Hang des Volks nicht zu lenken weiß. Der Mann von Geschäften ist in Gefahr, ein Leben, das er dem Staat so großmüthig hinopferte, mit dem unseligen Spleen abzubüßen – der

Gelehrte zum dumpfen Pedanten herabzusinken – der Pöbel zum Thier. Die Schaubühne ist die Stiftung, wo sich Vergnügen mit Unterricht, Ruhe mit Anstrengung, Kurzweil mit Bildung gattet, wo keine Kraft der Seele zum Nachtheil der andern gespannt, kein Vergnügen auf Unkosten des Ganzen genoßen wird. Wenn Gram an dem Herzen nagt, wenn trübe Laune unsre einsame Stunden vergiftet, wenn uns Welt und Geschäfte anekeln, wenn tausend Lasten unsre Seele drücken, und unsre Reizbarkeit unter Arbeiten des Berufs zu ersticken droht, so empfängt uns die Bühne – in dieser künstlichen Welt träumen wir die wirkliche hinweg, wir werden uns selbst wieder gegeben, unsre Empfindung erwacht, heilsame Leidenschaften erschüttern unsre schlummernde Natur, und treiben das Blut in frischeren Wallungen. Der Unglückliche weint hier mit fremdem Kummer seinen eigenen aus, – der Glückliche wird nüchtern, und der Sichere besorgt. Der empfindsame Weichling härtet sich zum Manne, der rohe Unmensch fängt hier zum erstenmal zu empfinden an. Und dann endlich – welch ein Triumph für dich, Natur – so oft zu Boden getretene, so oft wieder auferstehende Natur – wenn Menschen aus allen Kraisen und Zonen und Ständen, abgeworfen jede Fessel der Künstelei und der Mode, herausgerissen aus jedem Drange des Schicksals, durch *eine* allwebende Sympathie verbrüdert, in *Ein* Geschlecht wieder aufgelößt, ihrer selbst und der Welt vergessen, und ihrem himmlischen Ursprung sich nähern. Jeder Einzelne genießt die Entzückungen aller; die verstärkt und verschönert aus hundert Augen auf ihn zurück fallen, und seine Brust giebt jezt nur *Einer* Empfindung Raum – es ist diese: ein *Mensch* zu seyn.